KB071185

철거되는 기억

철거되는 기억

도시 문헌학자의 사진 기록

김시덕 지음

열린책들

일러두기

1. 이 책에 수록된 사진은 저자가 답사를 하며 직접 촬영한 것이다.
2. 본문에서 사용된 도시 문헌학 용어 〈시층〉, 〈도시 화석〉, 〈시민 예술〉의 뜻은 아래와 같다.
   - 시층(時層): 시간적 특성을 잘 보여 주는 건물이나 블록이 지층처럼 겹쳐 보이는 경관.
   - 도시 화석: 어떤 공간의 시간적 특성·이력을 잘 보여 주는 오브제.
   - 시민 예술: 익명의 시민들이 도시 속에 꾸며 낸 오브제.

사라지지 않은 기록, 그리고 기억

제가 처음 의식적으로 답사를 한 것은 대학 1학년 때인 1994년이었습니다. 지금까지도 함께 답사를 하고 있는 도시 답사가 이 모 씨와 함께 김포 공항에서 출발해 군산 공항에 내려 1박을 한 뒤, 배 타고 금강 건너 장항에 진입했던 기억이 생생합니다. 그 후에 군산과 장항 사이에는 다리가 놓였고, 이때 제가 탔던 배는 이미 운행하지 않게 된 지 오래입니다.

그해 여름, 서울에서 목포로, 목포에서 경전선 야간열차를 타고 부산 부전으로, 그리고 다시 동해시로 혼자 1박 2일 답사를 했습니다. 동해시의 공업 단지를 보고 터덜터덜 동해역으로 걸어가고 있는데, 지나가던 트럭 운전사분이 차를 멈추고는 도중에 태워 주었던 기억이 나네요. 이때 탔던 경전선 야간열차도 이제는 운행하지 않습니다.

그 당시는 필름 카메라를 사용하던 시절이었고 사진을 즐겨 찍지 않던 때라, 저의 20대 답사는 사진 기록이 거의 남아 있지 않습니다.

답사하면서 본격적으로 사진을 찍기 시작한 것은 2006년에서 2010년 사이, 일본 유학 시절부터였습니다. 일본의 한 선배님께서 저에게 이런 조언을 해주었습니다. 〈나중에 그곳의 사진이 필요해졌을 때 갑자기 구하기 힘드니까, 어디에 가든지 무조건 아무 사진이라도 찍어 둬라〉라는 말씀이었습니다. 그때부터 어딘가에 방문하면 몇 장이라도 사진을 찍어 두는 습관이 생겼습니다.

2017년 여름, 서울 답사를 하겠다고 각오하고 나서부터는 직업적으로 사진을 찍기 시작했습니다. 그 무렵에 어떤 광고업계 종사자분께서 〈하루에 무조건 100장은 찍는다〉라고 방송에서 하신 말씀이 깊은 인상을 주었습니다. 저도 답사하고 기록하는 일을 업으로 삼기로 마음먹은 이상, 답사를 하면 반드시 100장은 찍어 보리라고 생각했던 것이죠. 언제나 그 결심을 관철하기는 어려웠지만, 요즘은 조금 먼 곳으로 답사를 가면 500장 정도는 찍는 것 같습니다. 이 글을 쓰고 있는 지금까지 촬영한 사진의 양을 확인해 보니 25만 7000장, 용량으로는 1테라바이트를 넘었네요.

열린책들을 통해 세상에 내놓은 〈서울 선언 3부작〉은 이른바 〈대서울권Greater Seoul〉에 대한 저의 관찰과 생각을 담은 책들이었습니다. 하지만 이 세 권을 쓰는 중에도 저는 혼자 또는 지인들과 함께 전국을 다니며 관찰하고, 또 기록하고 있었습니다.

답사를 직업으로 삼기로 결심한 2017년 여름부터 6년이 지난 지금, 저의 답사는 대서울권을 넘어 한국 전체로 향합니다. 사진 기록 에세이 『철거되는 기억』은

저의 작업 범위가 전국으로 확장될 것임을 알리는
신호탄입니다. 앞으로 〈서울 선언 3부작〉에 이어 충청도
편이 두 권 정도 곧 출간될 것이고, 다른 지역에 관한 책도
그 뒤를 따를 것입니다.

저의 작업에 변함없이 함께해 주십시오. 동료 시민
여러분을 믿고 나아갑니다.

2023년 가을
김시덕

차례

1
길에서 마주하다
집과 길, 그리고 사람

그 자체로 마음에 강하게 다가오는 경관이 있습니다.

또 잠시만 존재하는 순간의 풍경이 있습니다.

1장에서는 제가 한국의 구석구석에서 맞닥뜨린 그런 경관,

그런 순간을 보여 드립니다.

제가 답사를 직업으로 삼기로 한 것은 2017년
여름이었습니다. 그때부터 지금까지 전국을 구석구석
다니고 있습니다. 답사를 시작했을 당시에는 서울과
경기도 주변의 몇몇 도시 정도만 들여다볼
생각이었습니다.

  그런데 도시를 걸어다니다 보니, 도시 속에 남아 있는
농산어촌 시절의 마을 구조가 눈에 들어오기
시작했습니다. 1960년대부터 택지 개발된 서울 강남구
양재동·도곡동에는 전근대의 말죽거리 마을 구조가 잘
남아 있습니다. 수도권 전철 2호선 강남역 동쪽의
언덕바지를 걷다 보면, 웃방아다리 마을과 아랫방아다리
마을이라는 옛 농촌 마을의 경관이 아직도 선명하게
그려집니다.

  도시 속에서 옛 농촌 마을의 흔적을 발견한 저는
그때부터 한국 곳곳의 농산어촌을 부지런히 살피기
시작했습니다. 도시 외곽에 남아 있는 농산어촌은

말죽거리·웃방아다리 마을·아랫방아다리 마을처럼 도시 속에 흡수되어도 그 형태를 남기기도 하고, 신도시나 산업 단지를 만들기 위해 택지 개발되면서 흔적 없이 사라지기도 합니다. 그래서 저는 택지 개발이 예정되었거나 스프롤 현상으로 도시에 빨려 들어가고 있는 농산어촌을 걸으며, 가까운 미래에 이 마을이 어떻게 바뀔까 생각합니다.

농산어촌이 도시로 바뀌는 것뿐 아니라, 바다를 간척해 농토를 만드는 과정에서 바닷가의 어촌이 내륙의 농촌으로 바뀌기도 하고, 화전민이 살던 산촌이 산림녹화 사업 때문에 숲으로 되돌아가기도 합니다. 이처럼 지난 백 년 동안 쉼 없이 모습을 바꿔 온 마을들을 한 곳 한 곳 찾아가서 발견한 것, 현지인으로부터 들은 것, 그리고 깨달은 것을 『철거되는 기억』과 총 9권의 답사 책에 담았습니다.

답사 책을 쓴다는 것은 어떤 지역에 대해 스토리를

만드는 스토리텔링 작업입니다. 스토리텔링에는
기승전결이 있어야 하고 클라이맥스가 있어야 합니다.
그러다 보니 스토리 라인에서 적절한 위치를 찾지 못하는
바람에 어쩔 수 없이 책에 싣지 못하는 이야기와 사진이
있습니다. 제가 그곳을 찾았을 때에는 존재했다가 그 뒤에
사라진 경관, 답사하던 저의 앞을 스쳐 간 사람, 맥락 없이
눈에 들어온 풍경.

　지난 6년 동안 답사 책에 수록하지 못한 사진들을
별도의 폴더에 모아 왔습니다. 언젠가 전시회를 열거나
사진집을 출간하면 소개할 일이 있으리라 믿고. 『철거되는
기억』에는 그렇게 차곡차곡 쌓아 온 사진 중 일부가 담겨
있습니다.

　답사한 경험을 이야기하고 사진을 소개할 때마다 〈이
답사의 목적은 무엇이며, 당신의 답사로부터 우리는 무슨
교훈을, 어떤 이익을 얻을 수 있는가?〉라는 질문을 받고는
합니다. 하지만 어떤 현상이나 오브제에는 목적이 없으며,

모든 사건마다 교훈이 있지도 않습니다. 아니, 저는 이
우주에서 일어나는 대부분의 일, 이 우주 안에서 탄생한
대부분의 오브제에는 어떤 목적과 교훈이 없다고 생각하고
있습니다. 특별한 목적과 교훈이나 의도 없이, 그저
아름다웠던 경관을 담았습니다.

경기도 김포시는 남쪽의 김포와 북쪽의 통진으로 이루어져
있습니다. 김포 방면은 한강 신도시 등 도시화가
이루어졌지만, 북한과의 접경을 이루는 통진 방면은
개발에 많은 제약을 받고 있습니다. 이 통진 지역의 중심에
자리한 마송 사거리에 갔다가, 골목길에서 〈별성암〉이라는
절을 만났습니다. 절은 원래 산속이 아니라 이렇게
시장통에 자리하는 것이었죠. 담벼락의 파란 빛과 절
입구의 파란 문이 조화를 이루고 있었습니다.

인천광역시 강화군의 강화 읍내를 산책하다가, 그림으로 그린 것 같은 옛 이발관 건물을 마주쳤습니다. 1980년대에 제작했을 간판, 〈컷트〉라는 표기법 등이 시대를 느끼게 해주었습니다.

개성에서부터 서해와 한강을 통해 서울까지
〈부군당〉이라는 신앙 형태가 존재합니다. 정체를 알 수
없는 부부 신(神)을 모시는 이 부군당(府君堂) 신앙에서
유명한 장소 중의 한 곳이 인천광역시 강화군 교동도의
부근당(扶芹堂)입니다. 연산군이 이곳 교동도에 유배되어
죽었다고 해서 연산군 부부를 부군신으로 모신 것이지요.
모 방송국에서 교동도를 촬영하게 되어 부근당에 갔는데,
마침 무당 가족분들께서 부근당의 문을 열고 계시더군요.
사정을 설명드리고 부근당 안의 연산군 부부 그림을
촬영했습니다.

강화도는 수도권 시민들이 즐겨 찾는 휴양지입니다.
1970년에 강화 대교가 놓이면서 섬의 북부가 일찍부터
개발된 데 비해, 2002년에 초지 대교가 놓인 남부는
상대적으로 개발이 덜 되어 있습니다. 남쪽 바닷가에
자리한 강화도 화도면 여차리 미루지항에서 바라본 서해
갯벌과 마니산이 고즈넉했습니다. 이곳까지 펜션과 카페로
가득 차기 전에 좀 더 자주 찾아가 보려 합니다.

인천 동구 화평동은 한 세대 전까지 인천의 대표적인 서민 동네였습니다. 이곳에는 일식 건물뿐만 아니라, 사진에서 보듯이 잘 지은 개량 기와집도 많습니다. 인천과 개량 기와집의 조합이 낯설게 느껴지는 분도 많을 터입니다. 그 점은 인천 시민들도 마찬가지여서, 인천의 잘 만들어진 개량 기와집들 역시 특별한 보존 움직임 없이 철거되고 있습니다.

인천 개항장 근처에는 북성 포구, 만석 부두, 화수 부두라는
세 곳의 작은 포구가 있습니다. 이 가운데 북성 포구는
바다가 보이는 횟집이 있는 곳으로 유명했지만, 얼마 전 그
바다가 매립되면서 예전의 경관은 사라졌지요. 인천역에
내려서 북성 포구로 걸어가는 길에는 인상적인 시설이
자리하고 있습니다. 대한싸이로라는 기업이 운영하고 있는
수입 곡물 저장 시설입니다. 이 시설이 보이는 곳이 곧 인천
개항장이라고 해도 과언이 아닙니다.

인천 내항의 여러 부두 가운데 제8부두는 인천역 뒤편에
자리한 부두입니다. 북성 포구로 가려면 인천역과 제8부두
사이로 나 있는 길을 지나가게 되는데, 길을 걷다 보면
독특한 구조와 색감을 띤 집합 주택을 통과하게 됩니다. 이
집합 주택은 한때 선원들이 묵었다고도 하고, 선원들에게
필요한 각종 서비스를 제공하는 곳이었다고도 합니다.
바닷가 마을에서 보는 쨍한 색감의 외벽, 그리고
주민분들이 열심히 기르는 화분이 잘 어울리는
마을입니다.

경인선 인천역 주변은 한반도 최초의 개항장 가운데
하나입니다. 인천역 주변의 내항 일대는 한때
국제항으로서 번성했고, 그 당시 잘 지은 사무실, 창고,
주거 등의 건물이 아직도 무수히 남아 있습니다. 내항의
기능이 다른 항구로 옮겨 가고 인천역 주변에 살던
시민들도 다른 곳으로 이주하면서, 인천역과 인천항
주변은 〈한국 최초〉라는 숱한 기록만을 남긴 채 쇠락해
버렸습니다. 용도를 잃어버린 벽돌 창고에 얼마 전 있었던
초파일의 연등이 걸려 있었습니다.

경인선 주안역 북쪽에는 공단 시장이라는 이름의
상가아파트가 있습니다. 옛 주안 염전을 매립해서 조성한
주안 국가 산업 단지의 배후 상가로서 1981년에 건립되어
한때는 지역의 중심 상권으로 기능했습니다. 하지만
주안역 주변의 생활 환경이 바뀌면서 현재 시장은 예전의
생기를 잃은 상태입니다. 공단 시장으로 향하는
건널목에서 폐지 줍는 노인의 모습이 공단 시장의 현재
상황을 보여 주는 것 같았습니다.

석양이 내리는 겨울 저녁, 서울 영등포구 신길동
골목길에서 이동식 바이킹 트럭과 마주쳤습니다. 바로
이런 풍경이 영등포이고, 신길동이죠.

성수동이 핫 플레이스가 되기 시작한 2021년 1월, 서울
성동구 성수동에 답사를 갔습니다. 수도권 전철 2호선
성수역의 북쪽, 핫 플레이스가 아닌 성수동 공장 지대를
걷다가 눈사람을 만났습니다.

서울 양천구라고 하면 목동과 신정동에 걸쳐서 만들어진 목동 신도시의 이미지가 강합니다. 하지만 목동 신도시가 아닌 양천구도 있습니다. 1970년대에 형성된 양천구 신월동의 철거민 정착촌에서는, 머리 위로 김포 공항에서 뜨고 내리는 비행기가 날아다닙니다. 그래서 신월동에서는 비행기의 기종과 항공사를 쉽게 알아볼 수 있습니다.

한창 보강 공사 중인 한강 대교의 모습입니다. 한강 남쪽에서 북쪽으로 넘어가다가, 우연히 이루어진 설치 예술이 눈에 띄어서 급하게 촬영했습니다. 이 가림막은 한 달 정도 설치되어 있다가 걷혀졌습니다. 예술적 의도 없이 잠시 나타났다가는 사라진 시민 예술이었습니다.

경기도 수원시에는 조선 국왕 정조 때 세워진 화성이
있습니다. 화성은 건설된 뒤로 사람들이 생활해 온 삶의
공간이었지만, 유네스코 유산으로 지정되면서 그런 모습이
조금씩 지워져 가고 있습니다. 화성 동쪽 지역의 여관 골목
역시 언젠가는 사라질 구역입니다. 제가 이곳을 찾았을 때,
리어카에 폐지를 가득 실은 노인이 골목길을 지나가고
있었습니다. 유네스코 유산인 화성을 찾아오는
관광객들에게는 보이지 않는, 화성의 또 다른 모습입니다.

경기도 평택시라고 하면 삼성반도체가 자리한 고덕동 및
배후 주거 지역인 지제동 등이 유명합니다. 하지만 이들
지역은 평택의 동쪽 끝에 자리하고 있으며, 평택의 중부 및
서부 지역은 동부와는 전혀 다른 분위기를 띠고 있습니다.
이 지역의 중심 도시인 안중읍은 서해선 안중역이
개통되면 빠르게 변모하겠지만, 아직은 사진에서 보듯이
한적한 읍내의 경관을 볼 수 있습니다.

충북 음성군 원남면 보룡리의 차부 슈퍼와 버스 정류장.
차부(車部)는 버스 정류장이라는 뜻의 예전 말인데,
충청북도 일부에 남아 있습니다. 차부 슈퍼의 나무로 된
정문, 그리고 역시 나무로 된 〈충청북도버스 운송사업조합
보천공동정류소〉라는 안내판이 세월을 느끼게 했습니다.

충청북도 청주시의 구도심을 가로지르는 상당로 동쪽에는
대성로라는 길이 있습니다. 충청북도청, 청주시청,
청주대학교 등과 식민지 시기의 부잣집들을 이어 주는 이
길은, 한때는 넓은 느낌을 주는 신작로(新作路)였지만
이제는 길가에 폐업한 가게들이 즐비한 옛길로
바뀌었습니다. 자전거를 타고 대성로를 가로지르는 노인의
뒷모습이 대성로의 현재 모습을 상징하는 듯했습니다.

충청북도 청주시 북쪽 끝에서 서울 방향으로 나 있는
공항로 변의 밤 고개 언덕에는 옛집들이 나란히 서
있습니다. 한때 〈맥양집〉 또는 〈방석집〉이라 불리는
유흥업소들이 성업했고, 한국의 수많은 유흥가나 빈민촌
또는 재개발 예정지가 그렇듯이 이곳에도 점집이 많이
있습니다. 상권의 쇠락과 청주시 측의 행정 지도로
유흥업소들은 거의 폐업했으니, 사진 속 밤 고개의 옛집과
점집도 머지않아 못 보게 될 터입니다.

1980년에 준공된 대전 서구 변동의 초원 아파트.
〈초원〉이라는 아파트 이름대로 아파트 옆면이 초록으로
가득 칠해져 있고, 그 색은 놀이터와 잘 어울렸습니다.
변동과 도마동은 최근 대규모로 재건축이 이루어지고
있어서 이 경관도 앞으로 얼마나 더 볼 수 있을지
모르겠습니다.

대전은 경부선 대전역이 만들어지면서 도시로서의 발전을
시작했고, 호남선이 갈라져 나가면서 한국의 중심 도시로
자리 잡았습니다. 대전의 호남선 역들 가운데에는
서대전역이 가장 중요하고, 서대전역 주변은 대전
구도심의 서쪽 중심지로서 기능해 왔습니다. 하지만
사진에서 보듯이 서대전역 주변이 상당히 쇠락해 버려서
답사객에게 쓸쓸함을 느끼게 합니다.

충남 당진시에는 현대제철 공장이 자리하고 있습니다.
아산시의 삼성전자와 삼성디스플레이, 서산시의 대산 석유
화학 단지 시설, 그리고 당진시의 현대제철이 충청남도
서북부를 일대 공업 거점으로 만들었습니다. 현대제철의
관련 시설 가운데, 사진에서 보듯 UFO 같은 구조물이 특히
시각적으로 깊은 인상을 주었습니다.

충남 천안시 도심 남부를 흐르는 삼룡천 너머에서 본 소라 주택. 흰 눈이 쌓인 땅 위로 겨울의 파란 하늘이 펼쳐져 있고, 그 중간에 선명한 색감의 연립 주택 두 채가 서 있는 경관이 아름다웠습니다.

논산은 저를 포함해 수많은 한국의 남성에게 지워지지
않을 기억의 장소입니다. 충청남도 논산시 연무읍의 육군
제2훈련소 때문이지요. 예전에는 영장을 받고 이 부대에
입대하기 위해서는 연무대역이나 연무대 시외버스
터미널에 내려서 걸어갔습니다. 현재 연무 읍내에 가면 옛
터미널과 새 터미널을 가까이에서 볼 수 있습니다. 옛 버스
터미널을 답사하던 중, 예전에 터미널을 운영하던 분을
뵙고 한참 말씀을 들었습니다. 답사하면서 만난
현지인분들께서 들려주시는 이야기 하나하나가 기록으로
남기고 싶은 한국의 귀중한 기억들입니다.

전라북도와 충청남도 서해안은 중국과 마주한 또 다른
국경입니다. 전라북도를 대표하는 근대 도시인 군산에도
미군이 주둔하는 군산 비행장이 있습니다. 지난 백 년간
조성된 간척지 들판을 가로질러 미군 부대로 들어가는
철도 노선이 놓여 있었습니다. 두 개의 철도 사이에는 집 한
채가 아슬아슬하게 자리 잡고 있었습니다.

신촌동은 광주 공항과 인접한 농촌 지역입니다. 이곳에는
신야촌이라는 작은 마을이 있었는데, 마을 입구에
〈수호창녕비〉라는 비석이 서 있더군요. 야촌, 그러니까
〈들판의 마을〉이라는 뜻의 마을이 있었고, 1963년 전투
비행장이 들어서면서 신촌동으로 쫓겨난 주민들이 신야촌,
즉 새로운 야촌을 만들었다고 합니다. 전투기 소음이
심해서 마을에 재앙이 빈번하자 마을 주민들은 2004년,
마을 입구에 비석을 세워 행복을 기원했습니다. 현재
신야촌 주변에는 탄약고 이전 공사가 한창인데, 마을
주민들이 다시 쫓겨나는 일이 없기를 기원했습니다.

영산강 하류는 내륙 깊숙한 곳까지 바닷물이 흘러
들어오는 사실상의 바다였습니다. 그러나 영산강 하굿둑을
만들면서 바다가 호수로 바뀌었고, 바다로 나가는 입구로
기능하던 내륙의 포구들은 기능을 상실했습니다. 전라남도
나주시 동강면 옥정리로 찾아간 옛 포구는 흔적조차 찾기
어려울 정도로 소멸했고, 포구가 내려다보이는 언덕
위에는 소박하고 단정한 시골의 버스 정류장이 서
있었습니다.

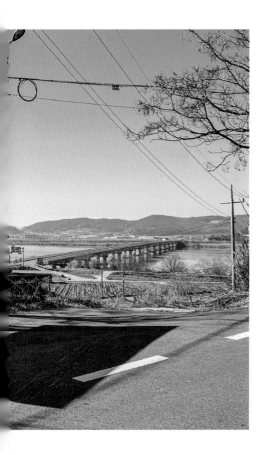

전라남도 순천시 황전면 선변리의 농협 창고. 1970년대
한국의 미적 감각을 잘 보여 주는 경관입니다. 이 창고와
주변 경관이 어우러져 만들어 내는 디자인 감각은
오늘날까지도 한국의 농산어촌에 깊이 뿌리를 내리고
있습니다.

전라남도 광양시는 포스코 광양 제철소로 대표되는 한국의
대표적인 공업 도시입니다. 제철소를 건설하기 위해
광양만을 매립하기 전까지는 바다에서 김 양식이
성행했다고 합니다. 그러나 현재 광양시에서 그런 옛
모습을 떠올릴 만한 곳은 사진 속의 광양읍성 정도입니다.
한때 전국의 지자체장들이 경쟁하듯이 읍성 복원 사업을
추진하면서, 전국의 읍성이 천편일률적인 모습으로 바뀌어
버렸습니다. 광양읍성은 관광지로 바뀌지 않은 옛 읍성의
경관을 아직까지 잘 남기고 있어서 광양의 원경관은 물론,
한반도 읍성 마을들의 옛 모습을 상상할 수 있게 합니다.

광양이라고 하면 일반적으로는 포스코 광양 제철소의 이미지가 강합니다. 하지만 광양읍성의 안팎에서는 이런 기와집을 어렵지 않게 볼 수 있습니다. 폐허가 된 집에 들어가 보니, 1979년 9월 5일에 완공했음을 알리는 상량문이 남아 있더군요. 붉은 굴뚝이 뒤편의 아파트 외벽 색과 소박한 조화를 이루고 있었습니다.

낙동강과 남해가 만나는 지점은 참 매력적인 경관을 볼 수
있는 곳입니다. 수많은 섬을 얼기설기 이어서 만들어진
낙동강 삼각주는 그저 한없이 걷고 싶어지는 평야
지역입니다. 낙동강의 서쪽과 동쪽 기슭에서 삼각주를
바라보는 것도 좋습니다. 그 동쪽 기슭을 흐르는 괴정천과
낙동강이 합류하는 하단 포구에서는 대도시 속의 운하와
같은 경관을 볼 수 있습니다. 한국에서 이런 모습을 볼 수
있는 곳은 많지 않죠.

1940년대 초, 한반도에는 세 곳의 대형 철도 시설이
설치되었습니다. 부산의 가야 조차장, 서울의 수색 조차장,
평양의 평양 조차장입니다. 8·15 광복과 6·25 전쟁으로
발생한 피난민들이 정착한 결과, 옛 가야 조차장 주변에는
부산의 그 어떤 곳보다도 복잡한 시층이 형성되었습니다.

저는 한국의 도시 역사에서 가장 중요한 주공 아파트
단지로 세 곳을 꼽습니다. 철거가 끝난 서울 서초구의 반포
주공 아파트와 충청북도 청주시 봉명 주공 1단지 아파트,
그리고 이 부산 연제구 연산동의 망미 주공 아파트입니다.
특히 봉명 주공 1단지와 망미 주공은 각각 실험적인 미학을
추구한 아파트 단지였지요. 봉명 주공 1단지가 철거된
마당에 망미 주공만이라도 오래오래 감상하고 싶었지만
2022년 12월에 답사를 갔더니 역시나 아파트 단지의
재건축이 추진되고 있더군요.

경상남도 양산시 물금읍에는 경부선 물금역이 자리하고
있습니다. 경부선이 놓이면서부터 역 앞에는 역전(驛前)
마을이 형성되었는데, 최근 양산 물금 신도시가
조성되면서 옛 마을이 신도시에 포위되고 있습니다.
산기슭에 올라가서 물금 읍내를 내려다보니, 옛 주택
너머로 신축 아파트 단지가 날카로운 시층을 이루고
있었습니다.

경상남도 양산시 물금읍에는 양산 물금 신도시라는 택지
지구가 조성되고 있습니다. 김해 장유 신도시와 함께
경상남도 최대 규모의 택지 지구인데요. 김해와는 달리
양산의 신도시는 사진에서 보듯이 아직 비어 있는 부지가
꽤 많습니다. 부산대학교 양산 캠퍼스가 아직 완성되지
않아서 이렇습니다. 아직 미완성된 양산 물금 신도시
한복판에서 서쪽을 바라보니 오봉산이 넓게 펼쳐진 모습이
장관이었습니다.

2017년 11월 15일, 경상북도 포항시에 규모 5.4의 지진이 발생했습니다. 이 지진은 지열 발전이 유발한 인재로 결론이 났고, 지진 피해를 입은 포항 시내의 여러 건물은 보상을 받았습니다. 그러나 북구 학산동에 자리한 시민 아파트는 건물이 원래 노후한 상태였다는 이유로 보상에서 제외되어 논란이 있었습니다. 제가 이곳을 답사한 2021년 8월에도 보상 문제가 해결되지 않아서 주민들의 항의문이 건물 곳곳에 붙어 있었고, 주민들은 사진 찍는 저를 경계하는 느낌이었습니다.

포항시 흥해읍에 자리한 어떤 마을로 가기 위해,
포항역에서 내려 그 마을까지 이어지는 논길을 따라 걷고
있었습니다. 논길 옆에는 사진과 같은 단정한 농촌 주택이
점점이 자리 잡고 있었습니다. 1970년대에 지어진 이런
농촌 주택을 〈새마을 주택〉 또는 〈문화 주택〉이라고
합니다. 도시나 건물을 이야기할 때에는 언급되는 일이
거의 없는 대량 공급 주택이지만, 이 새마을 주택은 수많은
한국 시민들의 기억에 깊숙이 자리 잡고 있는
〈원형(原型)의 집〉입니다.

경상북도 포항시 흥해읍은 오랫동안 한적한 농촌
마을이었지만, 포항역이 2015년에 포항 시내에서
이곳으로 옮겨 오면서 경관이 빠르게 변하고 있습니다.
식민지 시기에 흥해역 공사가 진행되다가 일본의 패전으로
중단된 지 70년 만에 결국 역세권으로의 변모를 시작한
것이지요. 1970년대에 새마을 운동으로 이루어진
「취락구조 개선사업」 마을과 그 뒤에는 포항역
역세권으로서 건설 중인 아파트 단지들이 훌륭한 시층을
이루고 있었습니다.

경상북도 울진군은 1962년까지 강원도 관할이었습니다.
강원도와 경상북도 사이를 오고 간 경계적 성격의
지역임을 이로써 알 수 있습니다. 이곳은 식민지 시기에
동해 중부선 철도가 놓일 예정이었지만 일본의 패전으로
공사가 중단되었습니다. 현재 동해선 공사가 진행되고
있습니다. 아마 공사가 끝날 때까지는 한국 대부분의
지역으로부터 접근하기 어려운 오지로 남아 있겠지요.
울진의 중간쯤에 자리한 평해읍에서 평해 버스 터미널을
보았습니다. 이렇게 시골 버스 터미널의 분위기를 잘
남기고 있는 곳도 이제는 쉽게 찾아보기 어렵습니다.

강원도 평창군 진부면에서 독특한 양식의 집과
마주쳤습니다. 건축물대장에 따르면 1957년 12월 8일에
지어졌다고 하는데, 식민지 시기에 마련된 한일 절충식
건축 양식을 해방 뒤에도 계승하고 있는 점이 인상
깊었습니다. 문화라는 것은 일단 성립하고 나면 끈질기게
이어져서, 이렇게 깊은 산속까지 그 흔적을 남기고는
합니다.

탄광촌으로 번성하던 강원도 삼척시 도계읍에는 도계 전두
시장이라는 재래시장이 있습니다. 한때는 주변 지역
주민들이 영동선 열차를 타고 장 보러 모여들 정도로 큰
시장이었다고 합니다. 시장 옆을 흐르는 오십천
건너편에서 바라본 도계 전두 시장의 모습은 전형적인
탄광촌의 천변 풍경이었습니다. 이제 한국에서 이런
탄광촌의 천변 풍경을 볼 수 있는 곳은 거의 없지요.

2
거리에서 발견하다
간판과 글자, 그리고 그림

「세상은 거대한 도서관입니다.」아르헨티나의 소설가인
호르헤 루이스 보르헤스의 이 말이, 문헌학자인 저에게
〈도시 문헌학자〉라는 새로운 아이덴티티를 갖게 해주었습니다.
도시라는 삼차원적 공간 곳곳에 생겨났다가는 철거되는 글자와
그림을 기록하고 해석하는 도시 문헌학. 2장에서는 저에게 깊은
인상을 남긴 도시 문헌학의 오브제들을 소개합니다.

저는 글자가 적힌 〈물체〉를 연구하는 문헌학자입니다.

글자가 적힌 물체라고 하면 많은 분들은 종이로 된 책을 떠올리실 겁니다. 하지만 사실 중국어 문자 〈册〉은 대나무 껍질을 끈으로 엮은 모양에서 나왔고, 영어 〈book〉은 (논쟁의 여지는 있지만) 고대 게르만인들이 룬 문자를 새기던 너도밤나무〈beech〉에서 비롯된 것처럼, 글자가 적힌 물체가 반드시 〈종이〉만을 가리키지는 않습니다.

글자가 만들어진 뒤로 인간은 수많은 물체에 글자를 적어 왔습니다. 갈대, 양가죽, 대나무, 비단, 돌, 나무, 금속, 진흙, 도자기 등등. 종이는 그 가운데 한 가지의 물체일 뿐입니다.

그래서 저는 〈요즘 사람들이 책을 읽지 않는다〉며 걱정하는 모습이 이상하게 여겨집니다. 현대인은 종이 책을 점점 덜 읽을 뿐이지, 전자 매체 화면에 뜨는 글자를 하루 종일, 쉼 없이 읽고 있거든요. 종이 책을 만들던

78

사람들의 수익이 줄어들고 있는 것은 사실이지만, 그것은
사람들이 글자를 덜 읽게 된 것이 아니라 글자가 적힌
매체의 물질적인 형태가 바뀌었기 때문입니다.

이렇듯 글자가 적힌 물체는 다양하고, 사람들은
오늘도 어떤 물체에 적힌 글자를 쉼 없이 읽고 있습니다.
이런 물체를 〈문헌〉이라고 부르고, 문헌을 연구하는
사람을 〈문헌학자〉라고 합니다. 문헌학자로서 저는 도시를
걸어다니면서 수많은 문헌을 발견합니다. 비석, 간판, 낙서,
머릿돌, 벽보 등등.

이런 문헌들 가운데 어떤 비석들은 역사학이나
사회학의 연구 대상이 되고, 어떤 간판과 낙서는 미학의
연구 대상이 됩니다. 하지만 대부분의 문헌은 한 번도
기록되지 않은 채 부서지고, 뜯겨 나가고, 지워집니다.

이렇게 도시를 가득 채우고 있지만 사람들의 주목을
받지 못한 문헌을, 체계적으로 연구해 보겠다는 생각이
들었습니다. 도시 속의 문헌을 연구하는 것은 이제까지

제가 옛 문헌을 연구하던 것과 똑같은 방식으로
가능했습니다. 그렇기 때문에 답사하면서 수집한 문헌을
연구하는 것을 〈도시 문헌학〉이라고 이름 붙이기로
했습니다. 도시 사회학, 도시 인류학, 도시 문학과 마찬가지
차원에서 도시 문헌학이라는 개념을 이해해 주시면
좋겠습니다.

　도시 속에서 문헌을 수집하다 보니, 이름을 알 수 없는
시민들이 소박한 미적 감각으로 꾸며 놓은 오브제도 함께
눈에 들어오더군요. 1980년대까지 미장이들이 문에 그려
넣은 장미와 조개, 담벼락에 그려진 꽃이나 기하학적 문양,
벽돌을 엇갈려 쌓아 그려 낸 모양 등. 저는 이런 오브제를
〈시민 예술Civilian Art〉이라 부르고 있습니다.

　제주도에서는 담벼락에 그려진 꽃을 〈세멘꽃〉이라고
부릅니다. 하지만 〈세멘꽃〉은 제주도뿐 아니라 전국에서
발견되는 일반적인 미적 활동이며, 꽃만이 아니라
구체적이거나 추상적인 수많은 문양이 그려지고 있습니다.

경기도 의정부시 가능동은 경원선 또는 수도권 전철
1호선과 교외선 열차가 갈라지는 철길 마을입니다. 주변
환경이 이렇다 보니, 특히 철길 변에는 오래된 건물과
블록이 늘어서 있는데요. 오래되었지만 단정하고자 하는
마음이 전해지는 외벽과 벽화를 이곳에서 보았습니다.
전문 벽화가의 그림이 아닌, 저는 이런 벽화가 보기
좋습니다.

경기도 의정부시의 옛 캠프 라과디아 주변에는 기지촌이
형성되어 있습니다. 미군이 의정부를 떠나고 군부대
부지의 재개발이 추진되면서 부지 주변의 기지촌도
사라지고 있습니다. 의정부역과 라과디아 사이의 기지촌을
답사하다가, 폐허가 된 어떤 개량 기와집에서 사진 속의
창문을 보았습니다.

경기도 파주시 파평면 장파리에는 장파 재건 중학교라는
교육 시설이 있었습니다. 〈재건 학교〉란 정식 교육 과정에
입학하지 못한 시민을 위해 여러 기관에서 설치했던
일종의 야학이었습니다. 북한과의 국경에 가까운 장파리의
재건 중학교는 미군이 건물을 지어 주었기 때문에 건너편
길가에서 보면 벽면 중앙에 사진과 같은 머릿돌이
있었습니다. 이 재건 중학교 건물은 파주의 현대를

기념하는 존재로서 보존하자는 이야기가 있었습니다만,
제가 첫 번째 사진을 찍은 2018년 2월로부터 3년이 지난
2021년에 붕괴되었습니다.

고양시 덕양구 행주외동의 행주나루. 행주산성이 호국
시설로 정비되고 그 주변의 마을이 먹자골목으로 바뀐
지금도, 행주나루는 간신히 나루터로서의 기능을 이어
가고 있습니다. 행주나루의 어부가 적어 놓은 연락처,
그리고 취급하는 물고기들의 이름이 행주 대교 기둥에
적혀 있었습니다.

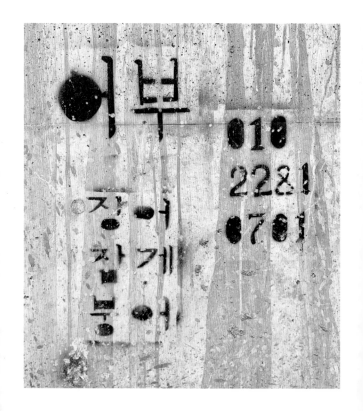

인천 계양구 계산동 신한 아파트. 경인 공업 지대의 배후
주거 지역으로 개발된 이 지역에는 아파트와 빌라가
빼곡히 자리 잡고 있습니다. 1980년대에 많이 지어진 이런
아파트와 빌라는 선명한 외벽 색깔이 특히 인상적입니다.

인천 중구 신포동의 스지탕 맛집 다복집. 가게 앞에 차량이
주차되어 있지 않은 모습을 보는 게 쉽지 않습니다.
스지탕은 소의 힘줄(すじ)로 만드는 요리인데, 술안주로
최고죠. 이 근처에는 다복집을 비롯해서 각기 개성 있는
맛을 지닌 스지탕집이 모여 있습니다.

인천 중구 신흥동의 수인 곡물 시장 근처에서 영업 중인 기름집. 협궤 수인선 시절에 남부역이 이 근처에 자리하다 보니, 인천항과 경기 남부를 오가는 곡물상들이 이 주변에 집결해서 시장이 형성되었습니다. 인천에서 가장 마음에 드는 간판입니다.

인천 미추홀구 숭의동 제물포 시장. 오랫동안 폐허에
가까운 상태여서 영화 세트장으로 사용되기도 한 이
제물포 시장도, 최근 재건축 사업이 본격화되었습니다.
제물포 시장의 골목길에 사진과 같은 낙서가 그려져
있었습니다. 아마 〈노상 방뇨〉를 하지 말라는 뜻이겠지요.

인천 미추홀구 주안동의 어느 건물 머릿돌. 머릿돌은
단순히 건물의 기공이나 준공 일자를 알려 주는 데이터를
담은 돌이 아니라, 그 자체로 건물 디자인의 일부입니다.

서울 은평구 홍제동. 수도권 전철 3호선 홍제역 3번 출구
근처에서 영업 중인 간판집. 간판집과 꽃집을 겸하고 있는
것 같았습니다. 이 일대에서는 이 간판집 주인분께서
제작하신 것 같은 간판을 심심찮게 볼 수 있습니다.

서울 용산구 서계동. 서울역 서쪽의 언덕 마을에서 손수
만든 우편함을 보았습니다.

서울 용산구 보광동의 우사단길. 어느 골목길에서 본 손수
제작한 간판. 저 손가락이 가리키는 곳으로 가면 행복해질
것 같습니다.

서울 구로구. 구로 시장의 골목에서 본 귀여운 가게 안내문.

형태가 독특한 서울 관악구 신림동의 신림 중앙 시장. 〈ㄴ〉
자와 〈ㅁ〉 자를 여러 겹으로 합쳐 놓은 것 같은 독특한
형태의 건물입니다. 2, 3층이 거의 비어 있다 보니
요즘에는 문화 행사가 자주 열리고 있습니다. 한편 시장
상가 건물의 재건축을 원하는 사람들도 있어서, 신림 중앙
시장이라고 적힌 간판 너머로 재건축 관련 플래카드가 몇
개나 걸려 있는 것을 볼 수 있습니다.

서울 관악구 봉천동. 봉천 복개천 주변의 골목길에서.

서울 동대문구 답십리동의 전파사. 디지털 카메라가
보급되기 전, 필름 회사들은 이렇게 전파사와 철물점의
간판을 제작해 주고 자사의 필름을 홍보했지요. 이 가게가
자리한 답십리와 용답동도 요즘 곳곳에서 재건축이
추진되고 있어서, 사진 속의 골목길 풍경도 아마 20년쯤
후면 바뀌어 있겠지요.

서울 중구의 회현 시민 아파트. 1960~1970년대에 많이
지어진 시민 시범 아파트 가운데 유일하게 남아 있는 시민
아파트죠. 〈세탁물을 널지 말라〉는 경고문 옆에 세탁물이
널려 있는 게 참 한국적인 모습이었습니다. 꼭 금연 경고문
옆에서 담배 피우는 사람들도 있죠.

서울 금천구 가산동의 철물점. 주민들이 많은 동네에는
반드시 철물점과 지물포가 있죠. 삼성전자의 예전 로고가
가게의 연륜을 느끼게 합니다.

구리시 수택동 잉꼬 빌라. 수택동에는 잉꼬 빌라 같은 붉은
벽돌의 빌라가 밀집해 있습니다. 〈아래한글〉이 개발되면서
폰트가 통일되기 전까지, 한국의 도시는 이렇게 개성적인
외벽 글씨로 가득했습니다. 그 당시 지어진 빌라와
아파트는 특히 외벽 글씨의 보물 창고입니다.

부천시 원미동은 양귀자 작가의 소설『원미동 사람들』을
통해 한국 사회에서 불멸의 이름이 되었습니다. 소설의
무대가 된 원미동 지역은 여전히 소설 속에 묘사된 경관을
잘 유지하고 있습니다. 소설에 등장하는 거리 중 남쪽
방향인 원미로143번길에 자리한 동네 세탁소를 낮과 밤에
지나간 적이 있습니다.

경기도 성남시는 서울 청계 천변의 철거민들을
이주시키면서 탄생한 광주 대단지, 노태우 대통령 때
추진된 분당 신도시, 그리고 2기 신도시 가운데 가장
성공했다고 하는 판교 신도시로 이루어져 있습니다.
그런데 성남시에서 가장 번성했던 장소는 이 세 곳이 아닌,
서울 말죽거리로 향하는 가장 가까운 지역인 금토동,
시흥동, 고등동, 상적동 등의 서북쪽 방면이었습니다. 개발
제한 구역 제도가 시행되고 이 지역에 서울 공항이
들어서면서, 성남시에서 가장 번성했던 이 지역들은 농촌
시절의 분위기를 남기는 지역으로 그 성격이

급변했습니다. 최근 이 일대에서 택지 개발이
본격화되면서, 지난 백 년간 이어져 온 농촌 성남 시절의
마을과 집이 철거되고 있습니다. 성남 수정구의 어느
외벽에 수복강녕(壽福康寧)이라는 네 글자가 적혀 있던 이
집도 제가 촬영한 직후에 철거되었습니다.

경기도 안산시 단원구 원곡동은 반월 신도시 개발 초기의 분위기를 가장 잘 남기고 있는 지역입니다. 이곳의 한 상업 건물에서 사진과 같이 딥deep한 간판들을 보았습니다.

경기도 평택시의 통복 시장을 걷다가, 오래되고 단정한
미용실을 보았습니다. 연쇄점 미용실이라는 가게 이름이
독특한데요. 요즘 같은 미용실 체인점 같지는 않고, 어쩌면
한때 미용실에서 구멍가게를 겸했기에 연쇄점이라는
이름을 사용했을지도 모르겠습니다.

충청남도 천안시, 경부선 천안역 주변에 형성된 여인숙
골목. 재난 안전시설 E등급을 받은 자유 시장과 함께
천안역 주변, 사람으로 흥성대던 시절을 증언하는 도시
화석입니다.

대전 구도심에 자리한 목척 시장은 식민지 시기에 지은
목조 창고들이 인상적인 곳입니다. 대전 구도심에서
레트로한 분위기가 아직 잘 남아 있는 곳이어서
〈핫 플레이스화〉가 진행되고 있기도 합니다만, 시장
골목길에서 이런 불조심 안내문을 보았습니다. 안내문
옆의 나무 문패도 세월을 느끼게 합니다.

충청남도 보령시 남포면. 장항선 남포역 폐역 근처에서
마주친 석유집. 근처의 남포읍성을 찾아가는 길에
마주쳤습니다. 전화번호에 국번이 없는 것이 꽤나 예전에
영업하던 석유집이었나 봅니다.

전라북도 익산군 함열읍의 신발상 상회. 함열읍은
1995년까지 익산군의 군청 소재지였습니다. 그래서 사진
속의 가게를 비롯한 다양한 업종의 가게들이 함열 시장에
생겨났습니다. 도농 통합으로 이리시와 합쳐져 통합
익산시가 탄생하면서 함열읍은 쇠락했고, 이제 함열
시장에서는 한적한 시골 장터의 느낌을 받을 뿐입니다.

김제시 금구면 서도리 골목길에서 마주친 시민 예술.
미장이의 손길은 음악이 되어 비처럼 골목길에
내려왔습니다.

전라북도 김제시 요촌동의 신화 이용원. 호남선 김제역과
김제군청 사이의 시가지 한복판에 자리한 단정한 이발소
건물입니다. SNS상의 지인분이 올린 사진을 보고
찾아갔는데, 제가 갈 때까지 잘 남아 있었습니다.

전라북도 김제군 광활면은 식민지 시기에 대규모 간척이
이루어진 곳입니다. 이 간척 사업은 해방 후에 계화도 간척
사업으로 확장되었고, 그 최종 형태가 새만금 간척지라고
할 수 있습니다. 당시에 워낙 광활한 땅을 간척했기 때문에
행정 구역 이름도 광활면이 되었습니다. 농업이 주요
산업이던 시절에는 흥성거리던 면사무소 주변도 이제는
한적해지고, 광활 석유라는 레트로한 간판과 두 자리 전화
국번이 세월을 느끼게 해줄 뿐이었습니다.

전라북도 정읍 시내에서 발견한 철물점. 가게 이름에 들어
있는 정주는 1981~1994년 사이에 존재했다가 1995년에
정읍군과 도농 통합되어 사라진 정주시를 가리킵니다. 이
철물점이 정주시가 존재하던 시기에 개업했음을 가게
이름으로 짐작할 수 있습니다. 새벽의 푸르스름한
하늘빛과 가게 외벽의 하늘색 양철, 그리고 가게 1층을
빗물로부터 지켜 주는 파란색 천막이 조화를 이루고
있었습니다.

117

전남 나주시 동강면 인동리의 동강 사진관. 영산강 변의
간척지를 보러 갔다가 우연히 들른 읍내에서
마주쳤습니다. 아그파 필름에서 간판을 만들어
주었을까요.

전남 함평군 학교면 읍내의 대우전자 체인점. 호남선
학교역이 영업하던 시절에는 함평군청 사람들도 궤도
버스라는 교통수단으로 이곳 학교면(鶴橋面)까지 와서
호남선 열차를 타고는 했습니다. 하지만 호남선 선로가
개량되면서 학교역은 학교천 너머 북쪽의 함평역으로
이전했고, 학교면 읍내는 서서히 쇠락의 기운을 보이고
있습니다.

전남 강진군 군동면 호계리의 미화 이발관. 개량 기와집 앞에 〈미화 이발관〉이라고 손 글씨로 적은 나무 간판이 내걸린 것이 뭐라 말할 수 없을 정도로 좋습니다. 완벽한 시골 이발관이라고 하겠습니다.

부산 영도구의 항구에는 식민지 시기에 조성된 주거
지역이 있습니다. 이 주거 지역에 자리한 어떤 일식 가옥
벽에 장미꽃이 새겨져 있더군요. 이 시민 예술은 아마도
현대의 어느 시기에 외벽을 새로 칠하면서 미장공이 그려
넣은 것이겠습니다만, 흙을 보기 어려운 영도구의 항구
마을에 이런 식으로 상상 속의 꽃밭을 구현한 것이
인상적이었습니다.

경상북도 포항시 북구 학산동은 포항 구항과 영일대
해수욕장에서 가까운 지역입니다. 또한 포항 남쪽의
구(舊)시가지와 북쪽의 옛 미군 기지 사이에 자리한
곳이기도 하죠. 미군 기지의 흔적을 답사한 뒤 남쪽의
구시가지로 걸어가던 중, 골목길의 집 외벽에서 부처를
그린 벽화를 보았습니다. 〈역시 불교의 고장
경상북도답다〉고 감탄했습니다. 벽화와 집 외벽의 여러
디자인적 요소들이 잘 어울렸습니다.

대구광역시 군위군 산성면. 중앙선 봉림역 폐역 앞의 약방.
농산어촌에서 볼 수 있는 오래되고 단정한 건물입니다.
지도 어플리케이션의 로드 뷰를 보면, 봉림역이 폐역되기
전까지는 영업을 하고 있었지만 역이 운영을 중단하고
역전 마을이 해체되면서 약방도 폐업한 것 같습니다.

경상북도 의성군 금성면. 중앙선 탑리역의 역전 마을
골목길에서 이런 시민 예술을 보았습니다. 이 장미꽃을
그린 1992년 5월 28일 당시는 그래도 탑리역을 이용하는
지역 주민의 수가 많았던 때였겠습니다만, 이제 역전
마을은 한적한 농촌 마을로 되돌아가 있었습니다.

원덕읍 호산리 칠성 미장원. 동해안으로 흘러 들어가는
호산천 변에 작은 읍내가 형성되어 있고, 읍내의 중간
위치에 이렇게 단정한 미장원 건물이 있었습니다.

3
역사의 흐름을 기록하다
포구, 그리고 광산촌

하나의 사회는 언제나 연속적으로 존재하지 않습니다.
큰 사건이 발생하면 그 사회의 흐름은 근본적으로 단절됩니다.
한반도에서는 개항과 식민지, 광복과
6·25 전쟁이 그러한 단절을 일으켰습니다. 현대 한국에서
일어나는 일을 이해하기 위해서는 전근대가 아닌,
이들 사건이 발생한 지난 백 년을 들여다보아야 합니다.
3장에서는 오늘날의 한국을 만든 지난 백 년간의 결정적 순간을
소개합니다.

한국을 답사하면서 언제나 느끼는 것이 있습니다. 현대 한국 시민들은 〈조선 시대와 21세기 한국 사이에 낀 백 년간을 잊고 싶어 한다〉는 것입니다.

구한말, 식민지 시기, 광복과 분단, 6·25 전쟁, 독재와 쿠데타, 산업화와 민주화가 이어진 백 년간에 대한 시민들의 감정은 너무나도 복잡하고 뜨겁습니다. 본인 또는 주변인이 얽혀 있는 이 시기의 사건들에 대해 시민들은 아직 객관적·제삼자적으로 바라볼 준비가 되어 있지 않은 것 같습니다. 그러다 보니 백 년 사이에 만들어진 수많은 오브제는 무의식중에 또는 의도적으로 없어지고 있습니다.

이 책에는 사진을 싣지 않았지만, 충청북도 충주시를 답사하다가 「황색종 연초 경작 25주년 기념비」를 보고는 참담한 느낌을 받았습니다.

〈황색종 연초〉란 개량형 담뱃잎을 가리킵니다. 식민지 시기에 널리 재배된 잎담배 품종으로, 특히 충주 지역에서 집중적으로 재배되었습니다. 이 사업을 기념해서 1936년에 세워진 비석이죠.

하지만 오늘날 비석에서 이런 내용을 알기는 쉽지 않습니다. 비석에 새겨진 일본인들의 이름은 1945년 8월 15일 광복 이후에 모두 쪼아 내졌고, 비석 곳곳에는 1950년 6월 25일에 일어난 전쟁 당시의 총탄 흔적이 남아 있습니다.

비석에 적힌 내용을 알아볼 수 없을 정도로 많은 곳이 쪼아지고 깨어진 상태의 이 비석을 보면서, 조선 시대와 21세기 사이에 끼어 있는 지난 백 년을 대하는 한국 시민들의 무의식을 들여다보는 느낌을 받았습니다. 비석의 그러한 모습이 너무나도 참혹해서, 차마 이 책에는 싣지 못했습니다. 언젠가 사진전을 열게 된다면 그 전시의 대표 사진으로 삼으려 합니다.

객관적·제삼자적으로 바라보기에는 시민 한 사람, 한 사람의 경험과 기억이 너무나도 많이 얽혀 있는 20세기. 그

백 년간의 일을 전하는 오브제들이 어디론가 사라져
버리기를 바라는 일부 사람들의 무의식.

저는 이런 무의식에 맞서, 지난 백 년간을 증언하는
오브제를 하나하나 기록하고 있습니다. 밀란 쿤데라가
이런 말을 했죠. 「La lutte de l'homme contre le pouvoir,
c'est la lutte de la mémoire contre l'oubli (권력에 맞서는
인간의 싸움은, 망각에 맞서는 기억의 싸움이다).」
문헌학자인 저는 사라져 가는 도시 문헌들을 기록하고
기억함으로써, 영원히 이어질 권력과의 싸움에서 시민
개개인이 사용할 수 있는 무기를 제작하고 있습니다.

경기도 의정부 동쪽 끝의 미군 기지촌, 속칭 〈빼뻘〉에서
마주친 연탄 가게. 의정부시와 남양주시 사이의 개발 제한
구역으로, 미군 기지와 교도소, 그리고 문중 땅이 자리하고
있는 이곳에서도 최근 들어 고산 지구 개발이 진행되고
있습니다. 미군의 재배치로 이곳의 기지촌은 쇠락할
것으로 예상되었습니다. 다시 가서 보니 고산 지구 개발에
따른 함바집과 건설업 관련 수요가 발생해서 살짝 생기가
돌아왔더군요. 한편, 2000년 3월 11일에 이곳에서 서정만
씨를 살해한 미군은 여전히 체포되지 않고 있습니다. 죽은
자는 말이 없고, 세월은 흘러갑니다.

경기도 파주시 광탄면 신산리의 옛 광탄 극장 건물. 제가
처음 이곳을 찾아간 2019년 10월에는 사진처럼 에몬스
가구가 입점해 있었습니다. 4년 후인 2023년 3월에 모
방송국의 촬영차 찾아갔더니, 이등병 마을 조성 사업의
일환으로 옛 광탄 극장의 모습이 재현되어 있더군요. 극장
옆의 목욕탕 건물은 운영을 중단하고, 이등병 마을 스토리
하우스로 사용되고 있었습니다.

파주시 문산읍의 미군 군무원 노동조합 건물. 미군
군무원들의 노동조합 건물인 의정부역 동쪽 KSC 노동
회관과 함께, 현대 한국 초기의 노동 운동 상황을 전하는
도시 화석입니다. 매번 찾아갈 때마다 건물 앞에 차량이
주차되어 있었는데, 2023년 5월에 갔을 때는 반갑게도
주차된 차량이 없기에 얼른 촬영했습니다. 촬영을 마친
직후, 동네 식당 관계자분이 당당하게 건물 앞에 주차하는
모습을 보았습니다.

백여 년 전인 1920년에 소금 장수들이 놓은 돌다리. 경기도
고양시 덕양구 강매동. 서해에서 한강으로 진입한 소금
장수들이 창릉천 가운데의 작은 섬에 배를 대고 소금 짐을
뭍에 가져가기 위해 이 다리를 놓은 것으로 추정됩니다.
대서울권에서 가장 아름다운 돌다리라고 감히 말하고
싶습니다. 다리 주변이 개발 제한 구역으로 묶여 있다 보니
백여 년 전의 경관을 쉽게 상상할 수 있어 오히려 좋습니다.

20세기 전기, 부평 분지에 건설되었던 동부 간선 수로와 그 위로 김포 공항으로 진입하는 항공기 모습. 인천 부평구와 계양구, 부천시, 서울 강서구로 이루어진 부평 분지에는 동부 간선 수로, 서부 간선 수로, 굴포천, 김포 대수로, 아라뱃길 등 여러 개의 인공 수로가 복잡하게 얽혀서 멋진 수변 경관을 만들어 내고 있습니다. 이들 수로가 건설되면서 부평 분지는 습지에서 곡창 지대로 바뀌었습니다.

경기도 김포시 대명 포구. 군의 작전을 위해 철조망이
쳐지면서 폐쇄된 다리, 그리고 그 너머 강화도로 향하는
강화 대교 모습. 최전방의 서해안을 상징하는 경관입니다.

인천 미추홀구 용현동을 지나던 협궤 수인선의 남인천역
폐역 부근.

옛 인천 송도 유원지의 바닷가 끝에 위치했던 아암도는
이제 뭍에 붙은 산으로 바뀌었습니다. 아암도 바닷가에서
바라보이던 망망대해에는 이제 송도 신도시가 솟아
있습니다.

인천 남항 석탄 부두에 차곡차곡 쌓여 있는 컨테이너들.

석탄 부두선의 철로가 제4부두로 진입하는 입구에서
바라본 경관.

서울 용산구 용문동은 19세기 말부터 20세기 중반까지
일본인들이 집중적으로 거주하던 지역입니다. 이곳을
답사하면서 인상적으로 다가온 일식 가옥을 2014년 1월에
촬영했고, 6년 후인 2020년 5월에 다시 촬영했습니다. 한
채의 건물에 주인이 두 명이었던 것 같아서, 그 6년 사이에
건물의 외관이 절반씩 다른 모습으로 바뀌었습니다.
식민지 시기의 건물에서는 이런 현상을 흔히 봅니다.

옛 소래 염전에서 바라본 시흥 배곧 지구와 인천 논현 지구.
경기도 시흥시 북부에서 남쪽으로 흐르는 신천의 중간에
생긴 작은 섬, 쪽박산에서 촬영했습니다. 이 일대는 연약
지반이어서 고층 아파트 단지로 개발하기에 적합하지
않습니다. 따라서 사진과 같은 한적한 모습은 아마
앞으로도 오래 남아 있겠지요.

1973년에 준공되어 호프만식 벽돌을 굽던 수원시 권선구
고색동의 영신연와 공장. 이 공장을 중심으로 한 고색동
일대에서 택지 개발이 진행되면서, 공업 도시 수원의
원풍경을 볼 수 있는 날도 이제 멀지 않았습니다.

화성시 시화호 간척지에서 바라본 반월 공단.
화성시에서는 이 간척지를 대규모 주거지와 테마파크로
개발하려고 오래전부터 시도하고 있습니다. 하지만
아직까지는 이렇게 바다에서 솟아 나온 빈 땅이 펼쳐져
있을 뿐입니다. 아직 주소도 부여되지 않았습니다.

어촌에서 농촌으로 바뀐 경기도 화성시 장안면 장안리의
농장 마을과 주택 버스 정류장. 이 주택의 이름은 화성시의
향토 자료에 노진 주택이라고 설명되어 있습니다.
서해안에서는 바다를 메워 농지로 바꾸고 정착시키는 일이
천 년간 이어졌습니다. 농업이 더 이상 기간산업이 아닌
오늘날, 이들이 바다를 애써 농토로 바꾼 사실도, 그래야
했던 이유도 잊히고 있습니다.

식민지 시기, 평택시 청북읍 펄을 간척하기 위해 동양 척식
주식회사가 건설한 창고. 잘 지은 건물이다 보니 그 후에도
철거되지 않았고, 새마을 운동 시기에 농협 창고로
개조되어 오늘날에 이릅니다.

박정희 정권 초기에 일어난 충남 서산 개척단 사건 현장.
1961년 5·16 군사 정변 이후 박정희 정권은 전국의
부랑아와 성매매 여성을 이곳에 강제로 수용시키고는,
〈과거사를 지우고 성실히 살아가기로 한 사람들의 귀농
사업〉이라고 선전했습니다. 결국 사업은 파국을 맞았고, 그
후에도 이곳에 남은 몇몇 시민들은 천수만 개펄을
간척해서 농토를 만들어 냈습니다. 이곳에 답사를 갔다가
서산 개척단 피해자 대표분을 우연히 뵙고 한참 동안
말씀을 들었습니다.

충청남도 서산시 대산읍의 대산 공단. 개펄을 염전으로
바꾸고, 그 염전을 다시 공단으로 바꾼 모습이 현대 한국의
산업화 과정을 압축해 놓은 것 같았습니다.

충청남도 아산시 탕정면 매곡1리 공소에서 바라본 KTX
천안아산역 앞 아산 신도시. 현재 매곡1리는 KTX
천안아산역과 장항선(수도권 전철 1호선) 탕정역,
삼성디스플레이에 포위되어 있습니다. 1976년에
충청남도청에서 출간한 책 『새마을의 승자상』에 〈농촌
마을로서 잘 정비되어 있다〉고 기록되어 있는 이
매곡1리는 이제 대서울의 서남부에서 급변을 앞두고
있습니다.

옛 장항선 오가역 간이 역사. 충청남도 예산군 오가면
역탑리. 김선재 사진집『장항선 비둘기』에는 오가역이
운영 중이던 시절의 모습이 촬영되어 있습니다. 오가역은
1923년에서 2008년까지 운영되었습니다. 하지만 옛
오가역에서 역전 마을로 향하는 길 이름은 아직도
역말로입니다. 역 앞의 마을로 향하는 길이라는 뜻이지요.
역은 더 이상 운영되지 않지만 열차가 달리던 시절의
기억은 오래 그곳에 남아 있습니다.

경부 고속도로의 일부로서 1969년에 건설된 대전 육교.
한국 최고 높이의 아치형 교량이자 한국 산업화를
상징하는 건축 유산입니다. 회색 교량과 파란색 바닥이
선명한 대비를 이루고 있습니다.

대전 대덕구 장동의 옛 미군 기지촌 흔적. 아마도 나미
양화점이라고 적혀 있는 것 같습니다. 양화는 〈구두〉를
뜻합니다. 옛 미군 기지는 현재 한국군이 이어받아서
사용하고 있습니다만, 이곳에 미군 기지촌이 있었다는
사실을 대전 시민들도 잘 모르시더군요.

충청북도 옥천군의 경부 고속도로 건설 초기 교량.
모내기를 하기 위해 논에 물을 채운 시기에는 아름다운
대칭을 만듭니다.

충청북도 영동군의 옛 금광 관련 건물. 1930년대의
문서들이 폐기된 뒤 장지문에 발라져 있었습니다.
한국에서 근대는 독립운동과 친일 이외에 언급되는 일이
별로 없습니다. 현장에 이토록 생생하게 남아 있는
문헌들도 현지분들의 주목을 받지 못한 채 버려져
있습니다.

호남선 함열역과 황등역 사이의 평야 지대에는 후생촌,
정착1구, 정착2구라는 세 곳의 마을이 있습니다. 8·15
광복과 6·25 전쟁이 만들어 낸 전재민, 피난민들이 정착한
곳이지요. 최근 찾아갔을 때 예상대로 그 당시의 흔적은
거의 다 사라진 상태였습니다. 특히 익산 황등 농공 단지와
익산 제4산업 단지가 들어서면서 예전의 경관은 크게 바뀐
상태였지요. 황등 농공 단지로 들어가는 초입, 사진 속의
〈후생7반〉이라고 적힌 비석과 옛 마을 회관의 종탑만이
피난민촌의 모습을 간신히 떠올리게 했습니다. 초여름의
벌판에서 마주친 쓸쓸한 풍경이었습니다.

전라북도 김제시 황산동의 옛 미군 기지촌에서 영업하던 광명 이발관. 중국이 문화 혁명을 끝내고 국력을 키우던 시기부터 한국의 서해안은 한·미 양국에 있어 최전방이 되었습니다.

전라북도 부안군 계화도 간척지의 양수장 건물. 새만금
간척지 사업 전까지, 계화도 간척지 조성 사업은 한국
정부가 주도한 최대 규모의 간척 사업이었습니다.
바다였던 곳을 육지로 만든 뒤 농사를 지을 수 있도록
설치한 수로와 양수장은, 당시 우리나라가 식량 문제를
극복하기 위해 얼마나 처절한 싸움을 벌였는지를 증언하는
도시 화석입니다.

전라북도 임실군 관촌면. 식민지 시기에 보관했다가
여름이 오면 얼음을 꺼내 팔았던 얼음 창고. 이제는 전국에
딱 두 개 남아 있다고 합니다. 광복 후에는 민간에 불하되어
양어장으로 쓰였습니다. 양어장을 경영하던 분의 아드님을
우연히 만나서 귀중한 증언을 들었습니다.

전라북도 정읍시 신태인읍 화호리. 옛 구마모토
농장(熊本農場)에서.

순창군 팔덕면 덕천리. 전라북도 순창군을 지날
예정이었으나 끝내 완공되지 못한 전남선의 폐터널.
열차가 지나가지 못한 이 터널은 오늘날 자동차 도로로
이용되고 있습니다.

전라남도 담양군 고서면에 자리한 옛 전남선 장산역
플랫폼. 조선 시대의 정치가인 송강 정철의 송강정(松江亭)
정자를 보고자 하는 많은 사람들이 이 역에 내렸다고
합니다. 깨밭에 파묻혀 버린 오늘날에는 상상할 수 없는
모습입니다. 1922년에 광주–담양 간에 운영되다가 태평양
전쟁 중인 1944년에 영업을 중단한 전남선 노선은
1965년도에도 부활될 뻔하다가 좌절되었고, 최근 다시
〈달빛내륙철도〉라는 이름으로 부활이 시도되고 있습니다.

전라남도 영광군 법성포의 한일 절충식 기와집. 굴비로
번성하던 법성포에는 부자들이 많이 살았습니다.
그래서인지 전라도 광주나 목포에서도 찾아볼 수 없는 잘
지은 한일 절충식 기와집을 이곳 법성포에서는 거리
곳곳에서 찾아볼 수 있습니다.

영광군 백수읍 하사리의 염전과 염전 궤도 차량, 그리고
풍력 발전소. 갯펄에서 염전으로, 그리고 다시 농토와 발전
시설로의 변천 모습. 소금을 싣기 위해 설치된 이런 소형
궤도 차량을 일명 〈가시랑차〉라고 합니다. 달릴 때 가시랑,
가시랑 소리를 내서 이런 이름이 붙었다고도 하고,
가솔린을 일본어로 〈가소링〉이라고 하던 것에서 그 유래를
찾기도 합니다. 소래 염전에서 사용하던 대형 가시랑차는
현재 경기도 시흥시의 갯골 생태 공원에 전시되어
있습니다. 시흥에 전시되어 있는 가시랑차와 비교하면,
이곳 하사리 염전의 가시랑차는 귀여운 수준이지요.

전라남도 화순군 오동리. 탄광 주변에 형성된 광산촌인 천운장 마을의 한일 절충식 상가 건물. 화순 탄광의 광산촌으로서 번성했을 듯한 이 마을은 광산이 폐광하기 전에 이미 활기를 잃은 상태였습니다. 하지만 마을 주민분들께서는 지금 사용하는 건물과 폐업한 건물도 단정하게 관리하고 계셨습니다. 화순 탄광은 2023년 6월에 정식으로 폐광되었지만, 탄광촌에 대한 기억이 사라진 뒤에도 이 천운장 마을은 지금의 오래되고 단정한 경관을 한동안 유지할 것처럼 느껴졌습니다.

전라남도 영암군. 학파 농장의 간척지 너머로 보이는
월출산. 이 간척지를 조성한 주체는 무송 현준호라는
분입니다. 현준호 선생이 1930년대에 사업을 시작했고,
그의 셋째 아들 현영원 회장이 거의 20년 만에 간척 사업을
완성시켰습니다. 학파 농장에 가서 느낀 것이지만,
월출산은 확실히 인상적인 모습이더군요. 간척지와 잘
조화되어 있었습니다.

전라남도 여수시 주삼동. 들판에 남아 있는 식민지 시기
군사 시설. 어떤 용도로 만들어졌는지는 알려져 있지
않습니다. 이런 군사 시설은 상당히 단단하게 만들어져서
일부러 없애는 것도 큰 일입니다. 그래서 마치 고인돌처럼
논 한복판에 남겨져 풍경의 일부가 되어 있습니다.

서귀포시 안덕면 동광리에 남겨진 테쉬폰은 아일랜드의
패트릭 J. 맥그린치 신부가 제주도에 보급한 건물
양식입니다. 기둥 없이 지을 수 있어서 1960년대부터
제주에서는 숙소, 축사, 창고 등으로 널리 쓰였습니다. 속에
가마니를 대어 틀을 잡은 흔적이 아직도 뚜렷이 남아
있습니다. 서울 등지에서도 일부 만들어진 적이 있지만,
현재는 제주도에만 있는 건축 양식입니다. 성이시돌
목장의 테쉬폰처럼 관광 자원이 되어 있는 것도 있지만,
대부분은 흔한 건물로 인식되어 계속해서 사라지고
있습니다.

2022년 말에 답사를 갔던 부산시의 동북쪽 끝, 기장군 정관 신도시. 원래는 교통 문제로 논란이 많은 정관 신도시의 상황을 살피러 간 것이었고, 간 김에 〈개간지(開墾地)들〉이라는 지명의 땅을 살피고 얼른 다른 곳으로 빠져나올 예정이었습니다. 그런데 버스를 타려고 정류장에 가니 그 옆에 〈독점 마을〉이라고 적힌 마을 비석과 옛길이 있었습니다. 오늘날 길 끝에는 공장밖에 없지만, 1970년대부터 2010년대 중반까지 〈독점 새마을교〉라는 다리와 독점 마을이 있었습니다. 연대별로 지도를 들여다보면, 2010년대부터 독점 마을에 하나둘 공장이 들어서면서 축사가 폐쇄되고 마을 회관이 사라지고, 2016년경에는 새마을 다리마저 사라지면서 오늘날과 같이 마을의 흔적은 찾아볼 수 없습니다. 옛 정관면 사무소 주변 마을은 정관 신도시 개발 때문에, 개간지들과 독점 마을은 공장들이 세워지며 사라졌습니다. 부산의 동북쪽 끝에서 일어난 이러한 변화를 좀 더 구체적으로 확인해 보고 싶어서 2000년에 출판된 『정관지』를 입수했는데, 제가 알고 싶은 정보는 다소 부족하더군요. 예전 마을 주민들은 변화 과정과 그 이후의 모습에 관심이 없고, 신도시 주민들은 그 이전의 모습에 관심이 없습니다. 서울에서 시작한 저의 답사가 이제 전국으로 확장되었으니 이런 작업을 하나하나 찬찬히 해나가야겠습니다. 아마 수십 년은 걸리는 작업이 될 듯하네요.

부산 진구의 옛 가야 조차장 주변. 철길이 놓였던 좁은
계곡, 철길 옆의 축대, 그리고 언덕 위까지 4, 5겹으로
시층이 쌓여 있는 모습이 장관이었습니다. 물론 이곳에서
살아온 분들께는 참으로 불편한 환경이었으리라는 사실을
쉽게 상상할 수 있었습니다.

경상북도 경주시 안강읍 청령리. 동해선 청령역이 폐역이
되기 한 달 전인 2021년 11월, 청령역에 갔습니다. 많은
분들이 생각하는 간이역의 이미지에 가장 적합한
역이었습니다.

태백시 철암동 탄광촌의 풍경. 영동선 철암역 너머
산기슭에는 석탄을 쌓아 두는 철암 역두 선탄 시설이
보이고, 영동선 철로와 철암천 사이에는 탄광촌의 집들이
보입니다. 이 집들을 철거하려는 움직임이 있었습니다만,
탄광촌 주민들이 원형 보존을 주장해서 지금은 이렇게
탄광촌의 천변 풍경을 내세운 철암 탄광 역사촌으로
운영되고 있습니다.

호산리의 솔섬은 마이클 케나Michael Kenna의 사진으로
유명한 곳이지요. 케나의 사진은 고즈넉한 솔섬의
분위기를 인상적으로 포착해서 유명합니다만, 현재는 솔섬
바로 뒤에 한국가스공사 삼척 기지 본부가 들어서서
경관이 많이 바뀌었습니다. 풍경을 망쳤다고 말하는
사람도 있지만, 저는 이 경관대로 산업 국가 한국을
상징하고 있다고 느꼈습니다.

삼척시 근덕면 상맹방리 승공(勝共) 마을. 1968년에
북한이 대규모 군부대를 한국에 침투시킨 「울진·삼척 지구
무장공비 침투사건」이 일어납니다. 이때 이승복 어린이가
〈나는 공산당이 싫어요〉라고 말했다가 북한군에게
살해당한 일은 유명하지요. 그런데 이승복 어린이가
북한군에게 살해당한 것은 그가 화전민(火田民)이었기
때문이었습니다. 깊은 산속에 살면서 숲을 태워 농사를
짓는 화전민들의 집은, 북한군이 한국 내에서 유격전을
벌이기에 적합한 거점으로 간주되었습니다. 이 사건 이후,
한국 정부는 산속에 흩어져 살던 화전민들을 저지대에
모여 살게 하는 「독가촌(獨家村) 이주 정책」을 전개합니다.
이런 정착촌 가운데 특히 북한군의 침투 거점이 된 삼척의
상맹방리에 만들어진 정착촌은 〈공산주의에 승리한다〉는
뜻의 〈승공 마을〉이라 이름 지었습니다. 오늘날 승공
마을은 유채꽃 축제와 맹방 해수욕장으로 관광객을 불러
모으고, 이들을 묵게 하는 민박촌으로 그 모습이
바뀌었습니다. 하지만 아직도 이 마을에는 〈승공 슈퍼〉,
〈승공 민박〉, 〈승공교〉처럼 이 마을이 만들어진 유래를 알
수 있는 도시 화석들이 많이 남아 있습니다.
유채꽃밭 너머로 보이는 승공 마을의 새마을 주택 풍경. 이
사진을 찍기 위해 새벽, 숙소에서 마을까지 걸어가서는
유채꽃 사이에서 한참을 서 있었네요. 저의 답사 경력에서
오래도록 기억에 남을 순간이었습니다.

4
철거되는 기억
사라진, 사라질 개발의 풍경

이 세상은 끊임없이 그 모습을 바꿉니다.
〈태어난 자는 반드시 죽게 마련이고, 만난 사람은 반드시
헤어지기 마련(生者必滅 會者定離)〉이라는 불교의 가르침은,
산속에서의 명상이 아닌 답사를 통해 더욱 잘 깨달을 수
있습니다. 도시가 쉼 없이 그 모습을 바꾸고, 농산어촌이
도시로 바뀌고, 예전에 번성했던 시가지가 다시 적막해지는
과정을 관찰함으로써 인간 사회를 이해하는 것이 답사의
본질임을 깨닫습니다.

〈답사하면서 어떤 점에 주목하느냐〉는 질문을 자주 받습니다. 그럴 때면 도시 문헌과 시민 예술, 그리고 여러 시대에 만들어진 건축물들이 겹쳐 있는 시간의 지층, 즉 시층(時層, Time-layers)을 답사 대상으로 삼고 있다고 우선 답합니다.

뒤이어 이런 말을 덧붙입니다. 재개발이 예정된 지역은 재개발이 시작되기 전, 재개발이 진행되는 도중, 그리고 재개발이 끝난 뒤의 최소한 세 번을 가보려 한다고.

재건축·재개발·택지 개발이 시작되고 나면 많은 것이 사라집니다. 그렇기 때문에 재개발 예정지를 미리 열심히 답사합니다. 재개발이 끝난 뒤에 다시 찾아가서는, 예전의 경관에서 어느 부분이 바뀌었고 어느 부분이 남아 있는지를 확인합니다. 이 두 시점은 일반적으로 생각할 수 있는 답사 타이밍이죠.

하지만 재건축·재개발·택지 개발 사업이 본격화되어 주민들이 퇴거하고, 펜스가 쳐지고, 길과 건물이 철거되기

시작하는 시기에 답사를 해야 확인할 수 있는 것도
많습니다. 재개발 사업을 둘러싼 시민들 간의 갈등, 어떤
건물에 가려져 보이지 않던 뒷집의 온전한 모습, 평소에는
주민들이 살고 있어서 자세히 살피지 못한 건물과 마을
풍경, 그리고 사람들이 떠나면서 버려진 오브제들. 제가
특히 관심을 가진 지역은 이렇게 최소한 세 번은 찾아가서
사진을 찍고, 문패나 타일 조각 또는 벽돌 같은 소형
오브제는 수집하기도 합니다.

　　하지만 이렇게 의식적으로 몇 번을 찾아가려 한 것은
아니지만, 답사를 직업으로 삼고 전국을 다니다 보니,
예전에 찾아가서 기록을 남긴 지역에서
재건축·재개발·택지 개발 사업이 진행되기 시작했거나
이미 사업이 완료된 모습을 우연히 다시 마주치는 경우도
늘고 있습니다. 10년이면 강산도 변한다고들 하지만,
변화가 빠른 한국에서는 해마다 경관이 바뀝니다. 그래서
저는 첫 답사 책인 『서울 선언』에서

〈제행무상(諸行無常)·생자필멸(生者必滅)·회자정리(會者定離)〉라는 불교의 가르침을 깨닫기 위해서는 도시를 자세히 들여다보시라고 말씀드렸습니다.

저의 답사는 서울과 그 주변 경기도의 도시에서 시작해서 전국으로 확장되고 있습니다. 그렇다 보니 서울과 그 주변 경기도의 도시는 몇 번, 수십 번을 찾아가서 변화를 꼼꼼히 기록하고 있지만, 그 바깥 지역에 대해서는 상대적으로 발길이 덜 미친 경우도 있습니다.

어떤 곳은 처음 찾아가서 본 모습이, 그 모습을 마지막으로 보는 풍경일 때도 많습니다. 그럴 때마다 안타까운 마음을 갖고는 합니다만, 다른 한편으로 이렇게도 생각합니다. 지금 내가 보고 기록한 이 경관도 가까운 미래에는 사라질 가능성이 크다고. 따라서 이제까지 내가 보지 못한 경관을 아쉬워하기보다는, 앞으로 수십 년간 이어질 나의 답사를 통해 전국 구석구석을 기록하면, 그 작업은 생각보다 멀지 않은 미래에 의미를 갖게 될 것이라고.

저는 20대부터 동북아시아 지역의 전쟁사를 비교
연구해 왔습니다. 지금은 그 비교 연구의 방법론을 답사에
적용하고 있습니다. 시민들이 자기가 사는 지역을
기록하는 작업은 물론 중요하고, 저의 작업보다 더
방대합니다. 하지만 전국을 답사 대상으로 삼은 제가 여러
지역을 비교하면서 수행하고 있는 기록 작업은,
현지분들과는 다른 눈으로 그 지역을 바라보는 작업으로서
그 나름의 의미를 가질 것이라고 생각합니다.

경기도 의정부시의 옛 캠프 라과디아 주변 기지촌. 폐가의 창 너머로 자개장이 떡하니 보이는 모습은, 마치 자개장이 변하는 세상을 창밖으로 바라보고 있는 듯한 느낌을 주고 있었습니다.

수도권 전철 1호선 동두천중앙역 앞의 옛 성매매 집결지.
이렇게 아케이드 형식으로 성매매 집결지가 모여 있는
것은 근대 일본에서 흔히 보던 형태입니다. 이 골목은 현재
철거되었습니다.

계양구 작전동. 재건축을 앞두고 충돌한 찬반 양측이 벌인 벽보 전쟁의 흔적. 몇 겹의 찬성 벽보와 반대 벽보가 겹쳐 있는지 가늠도 되지 않을 정도입니다. 여러 겹의 색색 종이들이 겹쳐졌다가 찢겨지면서 우연하게도 시민 예술이 만들어졌습니다.

3기 신도시 인천 계양 테크노밸리 공공 주택 지구, 예정 지역에 나부끼는 개발 반대 깃발. LH 직원들의 땅 투기 사건이 발각된 2021년 8월에 현지를 찾아가서 분위기를 살피던 중에 촬영했습니다. 플래카드 너머로 보이는 것은 부평 분지의 상징적 존재인 계양산입니다.

인천 신흥동은 식민지 시기에 일본인 부자들이 살던
부촌이었습니다. 얼마 전부터 이곳을 재건축하려는
움직임이 있었는데, 인천시장 관사가 문화재로 지정되면서
그러한 움직임에 일부 제동이 걸린 상태입니다. 하지만
재건축 사업과는 무관하게 이곳의 일식 가옥들은 하나둘씩
철거되고 있습니다. 집으로 들어서는 계단이 인상적이던
사진 속의 건물도 어느새 헐려 있더군요.

인천 숭의동의 성매매 집결지였던 옐로 하우스.
미군으로부터 제공받은 노란색 페인트로 페인트칠을 해서
이런 이름이 붙여졌다고 합니다. 이곳의 업소들은
일련번호를 부여받았는데, 사진 속의 건물은 그중 4호
업소였습니다. 수인-분당선 숭의역이 들어서면서 옐로
하우스를 재건축하려는 움직임이 시작되었고, 이 사업에
마지막까지 반대한 관계자들은 4호 건물에서
농성했습니다. 이곳에는 힐스테이트 숭의역 오피스텔이
들어설 예정입니다.

경인선 너머 바라보는 인천 전도관과 우각로 문화 마을.
19세기 말, 미국 공사 앨런의 별장이 있었고 때문에 최초의
경인선이 놓이게 되었습니다. 20세기 후반, 한국 사회를
뒤흔들었던 박태선 장로의 전도관 건물은 앨런 별장 터
위에 세워졌고, 인천의 랜드마크처럼 인식되었던 전도관
건물은 현재 철거가 완료되었습니다.

옛 협궤 수인선 근처의 단정한 개방형 아파트 단지.
당연하게도 재건축 사업이 추진되고 있습니다.
광주광역시에서 경전선 시내 구간이 〈푸른길〉이라는
이름으로 공원화되고, 또 서울의 청계천 복원 사업이나
경의선·경춘선 숲길 공사가 이루어지면서 주변 지역에서
대규모로 재건축이 진행되었습니다. 이처럼 인천에서는
협궤 수인선이 지하화되고 지상에 철길 공원이 들어서면서
사진과 같은 재건축의 풍경을 많이 보게 되었습니다.

철거 철거 철거 철거, 어떤 확신, 어떤 집요함. 인천 미추홀구 용현동에서.

인천 부평구 산곡동 영단 주택. 식민지 시기, 군수 공장에서
근무하던 노동자들을 위해 조성된 주택 단지 가운데 가장
원형이 잘 남아 있는 골목에서 찍은 사진입니다. 지붕선과
그림자가 우연히도 정확히 180도를 그리고 있습니다.
수도권 전철 7호선 산곡역이 개통되면서 역세권이 된
산곡동 영단 주택에서는 재건축이 진행될 예정입니다.

이제는 철거된 서울 서대문구 홍은동 문짝거리의 뒷골목.
눈 내린 아침에 고양이들이 지나다닌 발자국이 선명하게
남아 있었습니다. 이곳에 〈왜 문짝거리가 형성되었는지〉가
의문인데, 아직도 답을 찾지 못하고 있습니다. 현재는
e편한세상 홍제가든 플라츠 아파트가 들어섰습니다.

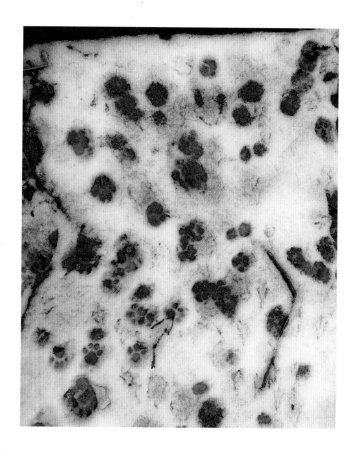

서울 마포구 아현동 재건축 예정지. 폐허를 배경으로 촬영
중인 남녀 한 쌍의 모습이 언덕 아래로 보였습니다.
이곳에는 현재 마포 더클래시 아파트가 들어서 있습니다.

서울 서대문구 궁동산과 홍제천 사이의 좁은 땅에 들어선 마을. 연희동의 서쪽 끄트머리에 자리한 이 마을의 미용실 간판을 촬영하고 있는데, 그 앞을 고양이가 지나가더군요. 이 마을은 좁은 땅에 자리하다 보니 상당히 흥미로운 공간 양상을 보이고 있어서 관찰할 거리가 많았습니다. 현재는 재건축 사업을 위해 주민 이주가 진행되고 있습니다.

서울 영등포구 영등포역 근처의 중앙 빌딩. 철거를 위해
폐쇄되기 직전, 건물 안에 들어가 보니 극장으로 사용되던
시절의 구조가 잘 남아 있어서 인상적이었습니다. 나중에
사진을 확인해 보았는데 비둘기가 찍혀 있더군요.

철거를 앞둔 서울 영등포구 영등포동5가의 영등포 중앙
시장. 백 년의 역사를 지닌 이 영등포의 올드 타운도 결국은
재건축을 맞이했습니다.

이제는 철거된 서울 강남구 개포 주공 1단지 아파트의
설경. 저는 이곳에 1년 정도 세 들어 살았는데, 재건축을
예상한 집주인들이 아파트를 방치하다시피 해서 노후화가
심각했지만, 아파트 단지 사이사이에 조성된 녹지 공간은
참 아름다웠던 것으로 기억합니다. 이곳에는 디에이치
퍼스티어 아이파크 아파트가 들어설 예정입니다.

서울 서초구 반포동의 신반포 11차 아파트. 현재는 반포
4지구라는 이름으로 철거되었습니다.

청량리역 주변의 좁고 오래된 골목길 사이로 보이는
청량리역 롯데캐슬 SKY-L65 아파트. 한때
〈동경성역(東京城驛)〉이라 불리며 경성의 부도심 역할을
하던 청량리역 일대의 변화하는 모습을 상징하는 것
같습니다.

서울 성동구 용답동의 재건축 현장. 오랫동안 변할 것 같지 않던 이 지역도 청계천 복원 사업의 영향을 받아 결국은 철거되더군요. 이 지역을 들여다봐야겠다고 생각한 것은 철거 작업이 시작된 뒤여서, 이 지역에 대한 기록을 남기지 못한 것이 아쉽습니다.

서울 동대문구 용두동 재개발 예정지에 남겨진 20세기
전기의 개량 기와집. 식민지 시기에 조선인 중산층을 위한
주거 지역으로 개발된 이 지역에는 사진에서 보듯이 개량
기와집이 무수히 자리하고 있었습니다. 서울 사대문 안의
북촌·서촌은 기와집이 부족해서 없던 것도 새로 짓는데,
사대문 밖에서는 이런 기와집 단지들이 지금도 헐려
나가고 있습니다. 사진 속의 장소에는 현재 래미안
엘리니티 아파트가 들어섰습니다.

서울 동대문구 이문동. 수도권 전철 1호선 신이문역 서쪽의
골목길에서 발견한 재개발 사업 반대 벽보. 세 글자 또는 네
글자로 맞춰진 재개발 반대 문구가 현대판 가사
문학이라고 할 만합니다. 사진 속의 벽보는 아마도 재개발
사업 〈찬성파〉에 의해 군데군데 찢겨져 잘 읽을 수 없지만,
동네 구석구석에 붙어 있는 벽보들을 맞춰 보면서 전체
문구를 유추할 수 있었습니다.

재건축을 둘러싸고 갈등이 빚어지고 있는 서울 강북구
미아동의 상가 건물. 한동안 이 지역의 재건축 반대
움직임이 심각하다는 소식을 듣고는 답사를 갔습니다. 그
뒤 결국 이 건물도 재건축 부지에 편입되어 철거되었고,
이곳에는 북서울 자이 폴라리스 아파트가 들어설
예정입니다.

경기도 남양주시 진접 신도시에 간신히 남아 있는 옛길과
건물들. 수도권 전철 4호선 진접선이 개통된 직후에 진접역
주변의 택지 지구를 답사하고, 왕숙천 건너 진접 읍내로
가던 도중에 우연히 발견한 길입니다. 진접 신도시의 옛
경관을 전하는 도시 화석입니다.

광명 뉴타운 사업으로 철거된 경기도 광명시의 옛 개봉
60만 단지. 목감천을 끼고 서울 구로구 개봉동과 경기도
광명시 광명동 60만 평에 조성되었던 개봉 60만 단지는,
한국 중산층의 주거 양식이 아파트 단지로 바뀌기 전에
마지막으로 대량 공급되었던 단독 주택 단지였습니다. 그
후 개봉 60만 단지의 광명시 구역은 대체로 사진 속의
빌라로 바뀌었다가 광명 뉴타운이라는 이름으로 다시 한번
그 모습이 바뀌고 있습니다. 사진 속의 장소에는 광명 자이
더샵 포레나 아파트가 들어설 예정입니다.

경기도 수원시 세류동의 권선 6구역 주택 재개발 정비
사업에 자리했던 수원 가스 상사. 저와 답사 팀이 이곳을
찾은 2020년 3월은 이미 주민들의 이주가 거의 끝난
상태였고, 인적 끊긴 마을에 목련이 화사하게 피어
있었습니다.

철거되기 직전의 경부선 수원역 동쪽 성매매 집결지.
경기도 수원시 팔달구 매산로1가동. 성매매 집결지 정비
사업에 반대하는 시민이 스스로 목숨을 끊은 일이
발생해서 답사 당시 사진과 같이 업소들마다 조의를
표하고 있었습니다. 그 후 정비 사업은 완료되어 현재는
수원역 동쪽에서 성매매 집결지가 사라진 것으로 알려져
있습니다. 이곳의 정비 사업이 성공한 것에 고무된 경기도
측은 경부선 평택역 북쪽의 일명 〈쌈리〉에 대해서도 정비
사업을 진행하고 있습니다.

새마을 운동 당시의 모습을 그대로 남기고 있는 경기도
화성시 비봉면 쌍학3리 새마을 회관. 반세기 전, 마을
회관의 원형을 경기도에서 가장 잘 남기고 있는 것으로
보입니다. 이 새마을 회관을 보고 싶어서 겨우겨우 갔는데,
도로 확장 공사를 한다고 마을 곳곳에 펜스가 둘러쳐
있더군요. 왠지 서둘러 가보고 싶었는데 마지막 모습을 볼
수 있어서 다행입니다. 새마을 회관 옆에는 1925년에
지어진 한옥도 있었습니다. 이 건물은 모두 도로 확장
공사로 철거될 것으로 보입니다.

충청남도 천안시 도심 북쪽 끝에 자리한 서북구 부대동의
「취락구조 개선사업」 마을 뒤로 건설 중인 아파트 단지.
1970년대 후반에 마을이 조성되었을 것으로 보이는데, 이
마을을 감싸는 형태로 택지 개발 사업이 진행되고
있습니다. 마을 뒤로 보이는 크레인들은 천안 부성 지구
한라비발디 아파트와 천안 부성 지구 우남퍼스트빌
아파트를 짓고 있습니다.

봉명 주공 1단지 아파트는 마치 미군 기지나 회사 사택처럼
1층짜리 아파트를 대한주택공사가 실험적으로 지은
인상적인 아파트 단지였습니다. 2019년 7월, 청주의 독립
서점에 강연을 갔다가, 강연회에 참석하신 분들께서 꼭
보여 주고 싶다며 저를 이곳으로 데려가 주셨습니다.
처음에는 심드렁했지만, 가보고는 크게 놀라서 정신없이
사진을 찍었네요. 이듬해 이 단지가 철거되었다는 소식을
접하고는, 저를 이곳으로 데려가 주신 청주의 시민들께
지금껏 감사한 마음입니다. 이곳에는 청주 SKVIEW 자이
아파트가 들어설 예정입니다.

흥덕구 오송읍의 옛 오송4리 마을 회관 앞 도로. KTX
오송역 역세권 개발 사업의 일환으로 철거가 진행되고
있는 현장을 찾은 것은 2022년 9월이었습니다. 그때
당시에는 몇 채의 집이 남아 있었지만, 현재는 그 집들도
모두 헐리고 마을 바깥에는 펜스가 둘러쳐 있었습니다.
아직까지는 지도 어플리케이션의 로드 뷰에서 이 마을
회관의 주변 풍경 사진이 제공되고 있지만, 재건축이
완료되고 새로운 건물들이 들어서고 나면 예전의 로드
뷰는 더 이상 제공되지 않게 될 터입니다. 관심 있는 지역의
로드 뷰를 생각날 때마다 캡처해 두어야 하는 이유입니다.

택지 개발로 사라진 대전 유성구 용계동 마을 어귀. 해당
마을은 철거가 끝났지만, 주변 지역의 전기 망을 끊지 않기
위해 이렇게 옛 마을의 전봇대를 임시로 유지해 둔
모습입니다. 옛 마을의 골목길이 어떤 모습이었을지
전봇대와 전깃줄을 통해 상상할 수 있습니다. 철거 작업이
완료되고 나면 볼 수 없는, 잠시 존재하는 풍경입니다.

1976년 서남부 터미널 근처에 세워진 대전 중구 유천동 금성 아파트. 대전 서남부 터미널은 터미널 자체도 노선수가 감소한 것과 함께 주변 지역의 쇠락도 눈에 띄는 곳입니다. 반세기 전에는 터미널이 자리한 신흥 주거 지역이던 이 유천동은 언제부터인가 유흥가가 가득 자리한 곳으로 인식되고 있습니다. 이러한 상황을 타개할 하나의 방법으로 유천 1구역 재건축 사업이 추진되고 있습니다. 다음에는 이 금성 아파트도 없어졌을지도 모르겠습니다.

새만금 방조제가 건설되면서 폐쇄된 전북 군산 하제 마을
초입의 경관. 전라북도 군산시 옥서면에 군산 공항이
들어서기 전인 1910년의 지도를 보면, 이 일대에는
상제·중제·하제 마을이 자리하고 있었음을 알 수
있습니다. 1956년의 지도에는 비행장이 그려져 있고, 중제
마을이 사라져 있음을 확인할 수 있습니다. 그리고 최근
지도에서는 상제 마을도 사라져 있습니다. 하제 마을은
현재 군산 공항 확장으로, 또 하제 포구는 새만금 간척지
공사 때문에 사라져 가고 있습니다. 그간 몇 차례 하제
마을과 하제 포구를 방문해서 그 쓸쓸한 모습을 기록하고

있습니다. 간척 사업과 국제 정세 변화에 따라
서해안에서는 지형이 바뀌고 마을이 사라지고 땅이
생겨나고 있습니다. 옛 중국에는 〈뽕밭이 바다로
바뀌었다〉는 뜻의 상전벽해(桑田碧海)라는 말이 있었지만,
오늘날 한국에서는 바다가 땅으로 바뀌는 벽해상전이라는
말이 더욱 잘 들어맞겠습니다.

전라북도 전주시 기자촌 마을의 마지막 모습. 아직 철거가 끝나지 않은 집이 몇 채 남아 있고, 재건축 사업 예정지를 가로지르는 예전 도로도 아직 통행이 가능한 상태였습니다. 이곳을 답사하기 직전에 대상 포진이 발병해서, 통증을 참으며 땡볕 아래에서 사진과 영상을 촬영했습니다. 답사를 직업으로 삼은 이래로 여름마다 열사병에, 대상 포진에, 한 가지씩 병을 얻고 있습니다.

광주광역시 동구 학동. 현재는 철거되었지만 철거 공사
중인 2021년 6월 9일 당시에 큰길가의 건물이 붕괴되어
많은 사상자가 발생했습니다. 옛 경전선 남광주역 근처에
형성된 이 오래된 마을의 마지막 모습을 기록하러 갔을 때
이미 인적은 끊긴 상태였습니다. 사진을 촬영한 위치에서
오른쪽에 자리해 있던 천리교 남광 교회의 〈교회 이전을
결사반대한다〉라는 플래카드가 거의 유일하게 남아 있는
사람이 살고 있는 흔적이었습니다. 재개발 예정지에서
교회나 절이 철거에 반대하는 경우는 흔하지만, 일본계

신종교인 천리교가 이렇게 재개발에 반대하는 모습은 처음
보아서 깊은 인상을 받았습니다.

철거를 앞둔 전라남도 순천시 연향동의 문화 주택.

전라남도 목포시 석현동. 호남선 임성리역 역세권 개발
예정지. 오랫동안 택지 개발 계획이 부상했다가 수면
아래로 가라앉았던 지역입니다. 붉은 기와를 얹은
전라남도 서남부의 전형적인 개량 기와집 너머로 신축
아파트 단지들이 인상적인 시층을 이루고 있습니다.

전라남도 순천시 해룡면의 「광양만권 경제자유구역」, 선월
하이파크 단지 조성 사업 예정 지구에서 영업하던 향매
슈퍼. 「광양만권 경제자유구역」에 속하는 전라남도
여수·순천·광양에서는 수많은 농산어촌이 택지 지구에
편입되어 산업 단지로 바뀌고 있습니다.

부산 기장군의 옛 한센인 정착촌 삼덕 농장의 마지막 모습.
1961년에 음성 한센인 정착촌으로서 건설되었는데, 한때
사진가들이 함부로 마을에 들어와서는 주민분의
프라이버시를 침해하는 바람에 마을 회관 입구에 경고문이
붙기도 했습니다. 그래서 저는 재건축을 위해 마을 주민의
이주가 끝나 간다는 소식을 들은 2021년 6월의 어느 날
새벽, 열차를 타고 기장으로 갔습니다. 마을에 인적이
끊겼음을 확인하고 마을 구석구석을 사진으로
기록했습니다.

낙동강과 바다가 만나는 어귀에는 섬과 등(嶝)이 많이
형성되어 있습니다. 〈등〉이란 모래가 쌓여 언덕을 이룬
것으로 대마등, 장자등 같은 곳이 유명하지요. 사취등은
섬과 등이 이리저리 묶어 만들어진 북쪽 대저동과 남쪽
명지동의 중간쯤에 위치하는 등으로서, 이곳에는 사취등
마을이라는 이름의 자연 마을이 있었습니다. 이 사취등
마을 사람들은 대략 삼백 년 동안 이곳에서 살아온 것
같지만, 최근 명지동에서 명지 신도시가 개발되면서
이주했습니다. 사취등 마을은 에코 델타 시티라는 이름의
신도시에 편입되어 사라졌고, 사진 속의 마을 비석과
사취등이라는 이름의 버스 정류장만이 마을의 기억을
남기고 있습니다. 얼마 전 김해 답사를 갔다가, 버스를 타고
부산역으로 향하는 길에 우연히 이 사취등 마을 비석을
창밖으로 보고는 언젠가 답사해야겠다고 생각했습니다.
2019년에 명지동의 또 다른 자연 마을인 해척 마을을
답사한 이야기는 모 신문의 칼럼에서도 말씀드린 바
있습니다만, 이 마을도 마찬가지로 신도시 부지에
편입되어 사라졌습니다. 부산의 뜻있는 분들께서 이런
마을들의 흥망성쇠를 찬찬히 기록해 주시리라 믿어 의심치
않지만, 저도 저 나름대로, 힘닿는 대로 기록해 보려
합니다.

이제는 철거된 강원도 태백시 화광 아파트의 머릿돌.
광부들의 숙소로 조성되었던 화광 아파트는 한때 보존
움직임도 있었지만 건물의 노후도가 심각해서
중단되었습니다. 태백 장성 LH 아파트가 들어설
예정입니다.

강원도 원주시의 남산 북쪽 기슭에서 영업하던 〈명일
슈퍼〉. 현재는 원동 남산 지구 재건축 사업에 따라
철거되었습니다. 이곳에는 두산위브 더제니스 센트럴원주
아파트가 들어섰습니다.

답사의 기록

2. 거리에서 발견하다 — 간판과 글자, 그리고 그림

지은이 **김시덕(金時德)** 도시 문헌학자이자 도시 답사가. 고려대학교 일어일문학과 학부와 석사 과정을 거쳐, 일본의 국립 문헌학 연구소인 국문학 연구 자료관(총합연구 대학원 대학)에서 박사 학위를 받았다. 고려대학교 일본 연구 센터 HK 연구 교수와 서울대학교 규장각 한국학 연구원 HK 교수를 역임했다. 주류의 역사가 아닌 서민들의 삶에 초점을 맞춰 서울의 역사와 문화를 기록한 〈서울 선언〉 시리즈 『서울 선언』(2018 세종도서 선정), 『갈등 도시』(2020 세종도서 선정), 『대서울의 길』은 언론과 대중에 큰 주목을 받았다. 2021년 제70회 서울시 문화상(학술 부문)을 수상했다. 그 밖의 주요 저서로『동아시아, 해양과 대륙이 맞서다』,『일본의 대외 전쟁』,『전쟁의 문헌학』,『일본인 이야기 1, 2』,『우리는 어디서 살아야 하는가』,『문헌학자의 현대 한국 답사기 1, 2』등이 있다.

철거되는 기억

발행일 **2023년 11월 1일 초판 1쇄**

지은이 김시덕
발행인 홍예빈·홍유진
발행처 주식회사 열린책들

경기도 파주시 문발로 253 파주출판도시
전화 031-955-4000 팩스 031-955-4004
홈페이지 www.openbooks.co.kr 이메일 humanity@openbooks.co.kr